Der Reigen 21

Paraphrase des Dramas von

Arthur Schnitzler

von

Robert Biebitz

Des Biebitz Paraphrasen, Band 1

AF176641

Erwarten Sie keine Romantik, keine „süßen Mädel", die im Schönbrunner Deutsch mit Filous und Parvenus kokettieren. Ein Jahrhundert nach Schnitzler haben sich die Szenarien gewandelt: härter, direkter, ehrlicher. Der Tabuisierung entkleidet, der Moral entzogen, haben sich Rollen, Schichten und Schauplätze verändert. Und die Sprache ist anders. Oder vielmehr die Sprachlosigkeit, die Figuren bleiben meist mit sich selbst allein.

Unter dem Titel „Des Biebitz Paraphrasen" erscheinen in unregelmäßigen Abständen Neuinterpretationen klassischer Werke der Literatur im sozialen Umfeld des beginnenden 21. Jahrhunderts. Der vorliegende erste Band unternimmt den Versuch, Schnitzlers „Reigen" in diesen Kontext zu setzen.

Der Reigen 21

Paraphrase des Dramas von

Arthur Schnitzler

verfasst und zusammengestellt von

Robert Biebitz

Des Biebitz Paraphrasen Band 1

Bibliographische Information der deutschen Nationalbibliothek:
Die deutsche Nationalbibliothek verzeichnet diese Publikation in der
Deutschen Nationalbibliografie; detaillierte bibliografische Daten sind im
Internet über http://dnb.dnb.de abrufbar.

© 2020 Robert Biebitz
Herstellung und Verlag:
BoD – Books on Demand, Norderstedt

ISBN: 978-3-7528-7052-7

Inhalt

VORWORT

Erwarten Sie keine Romantik, keine „süßen Mädel", die im Schönbrunner Deutsch mit Filous und Parvenus kokettieren. Ein Jahrhundert nach Schnitzler haben sich die Szenarien gewandelt: härter, direkter, ehrlicher. Der Tabuisierung entkleidet, der Moral entzogen, haben sich Rollen, Schichten und Schauplätze verändert. Und die Sprache ist anders. Oder vielmehr die Sprachlosigkeit, die Figuren bleiben meist mit sich selbst allein.

Erwarten Sie auch keine Pornographie. Die Szenen sind explizit, aber ihre Phantasie müssen Sie schon selber anstrengen. Immer dort, wo Sie so etwas sehen:

Ob Sie sich sicheren Vollzug vorstellen oder nicht, bleibt Ihnen überlassen. Achten Sie gegebenenfalls auf Ihren Herzschrittmacher. Und lassen Sie mich mit dem Rauchverbot in Ruhe.

Immer noch da? Na dann – viel Spaß bei einem Streifzug durch die Vielfalt des Lebens.

Die Verkäuferin

Eigentlich ist sie nach dem langen Arbeitstag müde. Doch so oft kommt es nicht vor, dass ihr tatsächlich jemand ein Date anbietet auf der Plattform, auf der sie seit einiger Zeit registriert ist. „Taschengeldprofil" nennt man das dort. Also steigt sie noch in die U-Bahn und fährt zu einem jener Hotels, in denen Touristen und Reisegruppen ein und aus gehen und man nicht sonderlich viele Fragen stellt. Man erfindet einen Namen und eine Adresse, man zahlt bar. Bis jetzt hat es funktioniert.

Warten am Lift. Zäh geht die Fahrt in den 5. Stock. Eine Reisegruppe drängt sich mit ihr hinein, in jedem Stockwerk steigen zwei, drei aus. Den langen Flur entlang, Fluchten immer gleicher Zimmertüren. Billige Teppiche, Lampen, Furniere, die Stil suggerieren sollen. Das Zimmer nüchtern und zweckmäßig.

Kurz denkt sie zurück an den kleinen Ort am Meer, in dem sie aufgewachsen ist, während sie in der Dusche steht. Ihr Studium in der kleinen Hauptstadt des Landes. Bevor sie weggegangen sind, wegen dem Krieg. Sie ist immer noch ganz hübsch und spricht gut Deutsch. Sie hat Glück, sie hat Arbeit und einen Mann gefunden. Er ist Masseur, ihr Masseur über Jahre, bis es einmal ...

Sie muss lächeln. Sie liebt ihn, aber er verdient unregelmäßig, ihr Gehalt als Verkäuferin reicht kaum zum Leben.

Abtrocknen. Strümpfe und Heels sind im Rucksack immer dabei. Beim Rest muss sie improvisieren. Heute mal die Bluse offen über die nackten Brüste. Slip? Sie lässt ihn gleich weg. Ein paar Spritzer Parfum, das schwarze Haar frisch aufgesteckt, durchatmen.

Es klopft. Sie öffnet, ein Augenblick der Angst. Ein neuer, wer weiß. „Komm rein". Taxieren. Er wirkt harmlos, erst ein bisschen unsicher, doch ihr frivoles Outfit lenkt ihn ab. „Manfred", sagt er, grinst sie an und hat gleich die Hände an ihren Hüften. Sie macht sich los. „Können wir erst das Finanzielle", fragt sie routiniert. Nachher zahlen nur Stammgäste, bei neuen ist sie vorsichtig geworden. „Ah ja", sagt er und zieht den grünen Schein aus der Tasche. „Danke", sagt sie, „möchtest du erst duschen?"

Sie liegen keuchend und schwitzend nebeneinander. Ihre Hand leicht auf seiner Brust. Sie fühlt sich klebrig, seine Spuren überall an und in ihr. Ein potenter Liebhaber, sie hätte ihm das nicht zugetraut. Und es war geil.

Irgendwann hat sie sich mitreißen lassen. Er sagt nichts, sie spürt seinem Atem nach, der sich nur langsam beruhigt. „Geil. Hat's dir auch Spaß gemacht?" Sie denkt an ihren Mann, schämt sich ein wenig, als sie schelmisch grinst: „Ja, mein Hengst." Du brauchst Stammkunden, also gib ihnen das Gefühl, dass sie dich geil gemacht haben. Wenn es stimmt, umso besser. Er bietet ihr eine Zigarette an. „Danke", sagt sie, obwohl sie nicht raucht. Sie hat gelernt, Zigaretten zu paffen. Sie liegen schweigend nebeneinander, er ist einer von denen, die nicht wissen, was sie danach sagen sollen, und sie hat keine Lust zu reden.

Ein paar Minuten später ist er weg. Sie schaut auf ihr Handy, bevor sie duschen geht. Vielleicht noch eine Anfrage?

Der Vertreter

Es regnet. Sein Kombi zieht lange Fontänen von Gischt nach, als er sich auf die rechte Spur einordnet. Noch zehn Minuten, dann fährt er in die Tiefgarage beim Bahnhof. Noch einmal durch den Regen über den Platz. „Hallo Manfred, 9 wie immer." Er küsst die blondierte Frau am Empfang rechts und links auf die Wange. „Danke, Ana." Er steigt die enge Treppe hinauf in die erste Etage, das Zimmer findet er mittlerweile blind. Ein schmales Doppelbett, vielleicht 1,40, ein Kasten, ein kleiner runder Tisch, zwei Sessel. Alles wirkt, als wäre es schon 50 Jahre so. „Aber es ist billig. Und dann ist da noch Ana", denkt er. Er arbeitet auf Provision, das ist ihm lieber, in guten Monaten kommt er leicht auf das Doppelte wie seine angestellten Kollegen. Aber Spesen gibt es keine.

Er geht in die Dusche. Jeder Handgriff vertraut, er weiß, wie weit er den Hahn für das Heißwasser öffnen muss, er weiß, wie er die Handbrause aufhängen muss, um das Bad nicht unter Wasser zu setzen. Er lässt sich Zeit. Er denkt an die Frau im Hotel, vor ein paar Tagen. Ob sie verheiratet ist? Einen Freund hat? Er verscheucht den Gedanken, als er sich abseift, das Shampoo abspült. Er selbst hat nichts Fixes, geht nicht bei dem Beruf, sagt er sich immer

wieder. Schon deshalb, weil er eine gute Gelegenheit nie auslassen würde. Er steigt aus der Dusche, trocknet sich ohne Eile ab.

Bei Anastazja weiß man nie. Sie mag es nicht, gefragt zu werden. Sie redet überhaupt nicht sehr viel. Man kann nur abwarten. Um sieben ist meist Dienstwechsel, dann wird man sehen. Sonst wird er später in das Café gegenüber gehen. Dort gehen die Vertreter hin, die abends nicht wissen, wohin. Und Frauen, die das Unverbindliche suchen. Natürlich, man weiß nie. Und Regen ist keine gute Voraussetzung. Er legt sich nackt, wie er ist, auf das Bett, und schließt ein wenig die Augen. Halb sieben, noch Zeit, ein wenig auszuruhen, so oder so.

Es ist dunkel, als er die Augen wieder aufschlägt. „Ich wollte dich nicht wecken." Sie lächelt ihn an. Im fahlen Licht der Straßenlaternen erkennt er ihr helles Haar, ihre blasse Haut. Ohne ein weiteres Wort dreht er sich zu ihr, sie greifen nach einander wie Ertrinkende.

Sie rauchen. Die trübe Lampe auf dem kleinen Tisch brennt, sie haben sich beide nicht die Mühe gemacht, sich zu bedecken. „Möchtest

du noch etwas essen?", fragt er. Sie nickt. „Er hat heute Nachtdienst", sagt sie nur. Er greift nach dem Telefon, die Nummer des Lieferdienstes weiß er auswendig. „Zwei Lammcurry, zwei Bier, Bahnhofshotel Zimmer 9". Er legt auf. „Möchtest du heute Nacht hierbleiben?", fragt er. Sie schüttelt den Kopf. Als der Lieferant klopft, geht sie ins Bad. „In der Kleinstadt bleibt wenig verborgen." Er legt sich nur ein Handtuch um die Hüften, öffnet, zahlt.

Sie essen schweigend, trinken Bier dazu, rauchen. Sie blickt nach der Uhr. „Mein Zug", sagt sie, und beginnt rasch und konzentriert, sich anzuziehen. Sie wird wohl daheim duschen wollen, denkt er. Sie küsst ihn zum Abschied noch einmal auf beide Wangen. „Mach's gut, Manfred, ich habe morgen frei." „Du auch, Ana." Die Tür fällt ins Schloss. Er tritt ans Fenster, schaut ihr nach, als sie den Platz zum Bahnhof überquert, ein bunter Klecks im grauen Einerlei, beleuchtet vom bläulichen Licht der Straßenlampen.

Es regnet noch immer. Erst neun, zu früh, schlafen zu gehen. Ob er noch ins Café gehen soll?

Die Rezeptionistin

Drei S-Bahn-Stationen weiter steigt sie aus. Es hat zu regnen aufgehört, doch die Straßen glänzen noch nass, sie steigt auf ihr altes Fahrrad. Noch zwei Kilometer. Nach ein paar hundert Metern enden die Straßenlaternen, sie ist allein in der dunklen Allee, nur das LED-Licht ihres Rades spiegelt sich in den Pfützen. Sie hat keine Angst, die harmlosen Narren, die sich hier manchmal herumtreiben, lassen sich notfalls mit ein paar freundlichen, aber bestimmten Worten in die Schranken weisen. Heute begegnet ihr niemand, es ist wohl zu nass.

Sie lächelt, als sie den Kleinwagen vor dem rostigen Zaun ihres Grundstückes stehen sieht. Sie schiebt ihr Rad rasch in die Garage, hängt den Regenmantel zum Abtropfen an einen Haken und betritt das Haus durch die Garagentüre. Es riecht nach Zigarette und starkem Kaffee, aus dem Wohnzimmer dringt gedämpft der Ton des polnischen SAT-TV. Die Tür zum Schlafzimmer steht offen, das Bett ist zerwühlt. Sie beachtet es nicht.

„Gosia." – „Ana." Die beiden Frauen umarmen einander. „Geht's dir gut, Schatz? Warst jetzt eine Weile weg." Das ist nicht ungewöhnlich bei Gosia. Wie eine Katze, denkt Ana. Kommen und

gehen. „In Danzig ein paar alte Freunde besucht. Und mein Bruder hat geheiratet." Die beiden Frauen halten einander immer noch an beiden Händen. „Und mit Marek hast du schon Wiedersehen gefeiert?" „Ja klar, du warst ja nicht da, Schatz." Gosia hat dunkles Haar, mag vielleicht zwanzig sein, gut zwanzig Jahre jünger als Ana. Sie schnuppert ein paar mal. „Aber du hast auch nichts anbrennen lassen, oder?" „Dir entgeht auch nichts, Liebes. Manfred war wieder mal da." Geheimnisse sind ihre Sache nicht, das Leben ist, wie es mal ist. Sie nippt an dem heißen Kaffee, den Gosia ihr eingeschenkt hat.

„Mir ist kalt, Schatz. Magst du mit in den Whirlpool, da können wir reden." Gosia nickt, raucht noch eine, folgt Ana mit einer kleinen Flasche Prosecco ins Bad. Das warme Wasser blubbert schon.

Sie hören Marek nicht, als er am nächsten Morgen von der Schicht heimkommt. Sie schlafen tief und fest, eng umschlungen. So sehen sie auch nicht sein glückliches Lächeln, als er die beiden eine Weile stumm betrachtet, bevor er in Gosias Zimmer schlafen geht.

Das Hausmädchen

Sie parkt ihren Kleinwagen in der Einfahrt der Villa. Sie kramt nach dem Schlüssel, meist ist niemand zu Hause. Komisch, es ist nicht abgesperrt. Sie betritt die Diele, hängt ihre Jacke auf. Darunter trägt sie nur ein leichtes Kleid, meist ist die Villa überheizt, angenehmer bei der Arbeit.

„Servus Gosia." Sie erschrickt, sie ist gerade durch das Haus unterwegs, stehen gelassenes Geschirr und Gläser einzusammeln. „Servus, Ben", sagt sie beiläufig. „Gar nicht in Wien zum Studieren?" Er grinst. „Ein paar Tage vorlesungsfrei. Und ich hoffte, dass du kommen würdest." Wieder dieses Grinsen. „Tschick?" Sie stellt die Tasse mit dem Geschirr hin und setzt dich. Es ist kaum etwas zu tun im Haus, die sechs Stunden werden sich ohnehin ziehen. „Danke gern." Sie zieht an der Zigarette, schlägt die Beine übereinander, fühlt seine sehnsüchtigen Blicke auf ihr. Er ist nicht unhübsch, denkt sie, aber er ist schüchtern, hat wohl Angst vor Frauen. Ihre Blicke begegnen einander, eine gemeinsame Erinnerung. Er liegt auf dem Sofa, sie sieht, wie er steif wird in seiner Hose. Es ist ihm peinlich, er bricht den Blickkontakt ab, wird rot. Sie lächelt, dämpft die Zigarette ab. „Später vielleicht", sagt sie. „Muss erst sehen, dass ich hier

zurechtkomme." Sie steht auf und verlässt das Wohnzimmer, er blickt ihr nach.

Sie hängt ihren Gedanken nach, während sie die Teppiche im langen Flur zu den Schlafzimmern saugt. Sie ist jetzt drei Jahre von zu Hause weg, am Tag nach ihrem 18. Geburtstag hat sie ihre Sachen gepackt und sich in den Zug gesetzt. Nach Deutschland erst, doch dann hat es sie hierher nach Graz verschlagen. Sie ist jung, hübsch, unkompliziert, sie spricht leidlich Deutsch. Das reicht, um sich durchzuschlagen. Sie hat ein polnisches Abitur, irgendwann möchte sie studieren. Vielleicht. Seit einem halben Jahr lebt sie bei Gosia und ihrem Mann. Sie hat die beiden beim Nacktbaden an der Mur kennengelernt ("Feuer?"), sie haben sie mit heim genommen. Die Besuche wurden mehr, Ana hat ihr eines Tages ohne viel Worte einen Schlüssel gegeben, sie hat ihr Untermietzimmer gekündigt. Die lockere Dreierbeziehung ist okay für sie, sie mag die beiden, sie macht sich im Haushalt ein wenig nützlich.

Sie zieht den Slip aus, bevor sie das Zimmer des Jungen betritt, steckt ihn in eine Tasche des Kleides. Sie ist nicht rasiert, sie schwitzt leicht, und die Vorfreude treibt ihr die Nässe zwischen die Beine. Sie öffnet die Tür. Wie sie erwartet hat, liegt er auf seinem Bett. Nackt. Steif. Ihre Blicke begegnen sich, seine Hand nähert sich seiner

Erektion. „Halt", sagt sie. Sie nimmt seine Hände, führt sie an die Kopfstange des Bettes. „Nicht hinfassen", sagt sie, „sonst ..."

Ihre Knie sind noch weich, als sie schließlich von ihm klettert. Sein Mund glänzt, silbrige Fäden spannen sich zwischen seinen Lippen, als er sie anlächelt. Sie streicht sich eine nasse Strähne aus der Stirn, nimmt den Slip aus der Tasche des Kleides, zieht ihn wieder an, fühlt, wie sich die Feuchtigkeit in den Baumwollstoff zieht. „So, raus mit dir", sagt sie sachlich. „Ich muss noch dein Bett überziehen." Gehorsam steht er auf, sie macht sich an den Überzügen und Laken zu schaffen. Sie dreht sich nicht mehr um, als sie mit dem Packen gebrauchter Bettwäsche das Zimmer verlässt.

DER STUDENT

Vormittag. Er steigt in den abfahrbereiten Zug. Träge rollt der aus der Station, erklimmt die Rampe auf die Donaubrücke. Er schaut aus dem Fenster. Das dritte Semester ist er jetzt in Wien. Der Tag ist grau, nur zögerlich kämpft sich die Sonne durch den Hochnebel.

Es gefällt ihm in Wien. Nur mit den Frauen ist es schwierig. Die Studentinnen lassen ihn links liegen, sie stehen auf die Großmäuler, die Machertypen, die mit den fetten Autos. Er denkt mit einem Lächeln an die geile Polin im Haus seiner Eltern. Er kann den Geschmack noch auf seinen Lippen spüren.

Die Bahn hat die historische Hochstrecke erreicht, überquert zwischen Otto-Wagner-Stationen eiserne Brücken und geziegelte Viadukte. Er steigt aus, quert die vierspurige Straße, ein paar Gassen noch. Bis zu dem Eingang, den ihm ein Kommilitone empfohlen hat. „Manchmal sind dort ganz schön geile Hausfrauen, vor allem vormittags, wenn die Kinder im Kindergarten sind." Er ist skeptisch, als er den Klingelknopf drückt.

Er schaut in den Spiegel. So schlecht sieht er gar nicht aus in seinen Boxershorts, sein Körper

19

einigermaßen trainiert. Nur, dass es ihm schwer fällt, ins Gespräch zu kommen. Naja, durchatmen, ein Schluck aus dem Flachmann, den er mitgebracht hat, dann in den großen Raum mit der Bar.

Die Aufregung ist vergeblich, es ist noch leer. Nicht einmal Männer sind da. Er schlendert langsam durch die Clubräume. Spielwiese, Spiegelzimmer, Dark Room. Er geht zurück, schlendert an die Bar. Sie sitzt auf einem Hocker und raucht. Apart, gerade diese Spur mollig, diese Spur schlampig. „Was trinkst du?" - „Hab schon. Zigarette?" Er nimmt eine aus der Schachtel, bestellt ein Bier. Ihre Augen blitzen, er nimmt seinen Mut zusammen „Benny", sagt er. „Marion." Doch keine Wienerin, die vertraute Sprache der Heimat. „St. Leonhard", sagt er, „und du?". Fürstenfeld, aber hier vergeben." „Aber heute frei?" - Sie lächelt nur, als er seine Hand behutsam auf die ihre legt. Sie dämpfen ihre Zigaretten aus, worauf warten?

Sie liegt in seinem Arm, ihr Atem geht noch rascher. Sie schmiegt sich eng an ihn. Zwei, drei Männer stehen in der Nähe, die beiden beachten sie nicht. Seine Hand streicht sachte über ihren Körper. Plötzlich ist es ihnen beiden

unangenehm, sie machen sich voneinander los, greifen etwas linkisch nach dem wenigen, mit dem sie sich bedecken können. Sie gehen an die Bar, rauchen noch eine, trinken aus. Er ist dankbar, dass sie Belangloses plaudert. „Was studierst du?" – „Maschinenbau, und was machst du?" – „Buchhalterin, gerade arbeitslos. Teilzeit ist schwer zu finden mit kleinem Kind." – „Ah, wie alt?" – „Bald 5." – „Sehen wir uns mal wieder?" – „Wer weiß, lassen wir es auf uns zukommen." Sie wird unruhig, blickt auf die Uhr über die Bar. „Ich muss, der Kindergarten." Er nickt. „Mach's gut, Marion." – „Pass auf dich auf, Benny", sagt sie noch, streichelt ihm zum Abschied über den Kopf und ist weg.

Mechanik 3. Zäh fließt die Doppelstunde. Seine Gedanken sind bei Marions weichem nachgiebigen Körper, in dem er sich verloren hat. Er weiß, es wird sich so nicht mehr wiederholen. Im Hörsaal fast nur Männer.

DIE EHEFRAU

Später Morgen. Sie steht vor dem Spiegel im Schlafzimmer, nackt. Dreht sich hin und her. Sie fühlt, wie ihre Brüste spannen. Die morgendliche Übelkeit ist zum Glück schon fast vorbei. Sie lässt ihre Hände langsam über ihren gerundeten Bauch streichen. Schwer zu sagen, ob man schon etwas sieht, bei ihrer fülligen Figur. Sie findet sich jedenfalls schön, so gerade aus der Badewanne, frisch rasiert, das Haar sorgfältig ausgeföhnt, es fließt weich und offen über ihre Schultern.

Sie erschrickt, als sie die Hände spürt, auf ihrem Bauch, auf ihrer Brust, zwei Finger an ihrem Nippel. Sie stöhnt leise auf, sie hat ihn nicht kommen hören. Sie braucht sich nicht umzusehen, sie kennt die Berührungen, sie kennt den Geruch. Sie lehnt sich leicht an ihn, lässt sich fallen. „Bist du wieder?" - „Ja Schatz, ich bin wieder", haucht sie zurück, als sich der Druck auf ihren Nippel verstärkt. „Macht es dich geil, dass ich ...", fragt sie kokett und lehnt sich stärker in seine Arme. Er zieht als Antwort ihren Nippel zwischen den beiden Fingern lang, lässt sich Zeit, bevor er ihn plötzlich loslässt. Sie stöhnt wieder. „... dich hast schwängern lassen? Es bringt mich um den Verstand." Seine Hand liegt auf ihrem Bauch, gleitet tiefer. „Ganz wie du

es wünschtest, mein Herr Gemahl", keucht sie heiser. Sie spürt, wie sich seine Härte von hinten gegen sie presst.

Sie liegt noch eine Weile im Bett, raucht. Es ist die gefühlt hundertste letzte in dieser Schwangerschaft. Sie dämpft sie nach der Hälfte aus, das Nikotin tut bereits seine Wirkung. Er ist schon weg, hat Journaldienst, er wird nicht vor Mitternacht heimkommen. Sie zieht das Leintuch ab, sie hasst es, am Abend die Spuren darauf wieder zu finden. Eine Stunde noch, da geht sich noch ausgiebig duschen aus. Das frisch gewaschene Haar mit einer Klammer hochgesteckt. Der weiche Strahl der Regenwaldbrause umschmeichelt ihren Körper.

Sie fröstelt, doch sie fühlt sich rundum frei, als sie nur in ihrem Sommerkleid die paar Gassen zum Kindergarten geht, den Fünfjährigen abzuholen. Ja, es war eine gute Entscheidung für den älteren, beruflich situierten Mann, der nach zwei Kindern schon vasektomiert ist. Ihren Kinderwunsch hat er ebenso bereitwillig akzeptiert wie sie den seinen, eine offene Beziehung zu führen. Glück ist die Kunst des Möglichen, denkt sie, als sie beim Abholen die Gespräche der jungen Mütter und

Väter mit halben Ohr mithört, die sich nur darum drehen, wie man sich und einander das Leben möglichst schwer machen kann. „Burger, Pommes und Cola?", fragt sie ihren Sohn spontan, als sie ihn in die Arme schließt. Er sieht sie freudestrahlend an, als sie in Richtung des Schnellrestaurants gehen, während die engagierten Eltern ihren Kindern Biokarotten schmackhaft machen und sich dafür lange Gesichter abholen.

DER CHEFREDAKTEUR

Nacht. Noch zwei Stunden. Nichts los, der Andruck ist planmäßig gelaufen, Online scheint alles friedlich. Er vertreibt sich die Zeit damit, im Forum zu lesen. Wenn seine Redakteure nur halb so gute Einfälle hätten wie seine Leser ... Er schreckt auf, als die Tür zu seinem Büro aufgeht. Mechanisch setzt er ein Lächeln auf, als die junge Frau hereinkommt. „Entschuldigung, Herr Doktor, haben Sie noch etwas fürs Archiv?" Er kennt sie flüchtig, Studentin. „Jetzt haben Sie mich aber erschreckt." Er erinnert sich an sie, hat sie wohl schon öfter im Haus gesehen. „Ahja, und ich bin der Joe, alle nennen mich hier so." „Sandra, freut mich." Sie erwidert sein Lächeln offen. „Na dann, Joe, hast du was fürs Archiv?" Er antwortet nicht. Sandra, Sandra, irgendetwas klingelt in seinem Hinterkopf.

Du hast dich nicht zufällig auf die Aspirantenstelle als Redakteurin beworben?" Er blickt auf, checkt ihre Reaktion. „Doch", sagt sie nur, „ist aber schon eine Weile her." „Momenterl bitte. Setz dich doch." Er sucht eine Weile auf seinem Laptop herum. „Ah hier". Er überfliegt schnell noch einmal die Probeartikel, die sie eingesendet hat. Er erinnert sich richtig. Forsch, frech, ein Rohdiamant, doch mit der richtigen Schule ... Wieder mal typisch, sie hat es nicht in

die Vorauswahl geschafft. War seiner phantasielosen Mannschaft wohl zu gefährlich.

Er sieht sie an. Schlank, sportlich, das Haar streng zurückfrisiert, hohe Stirn, wache Augen, zwei Knöpfe der Bluse offen. „Gefällt mir, was du geschrieben hast. Ich möchte dich gern – näher kennenlernen. Vielleicht ein Glas Wein, und wir – plaudern ein wenig?" Sein Blick auf ihrem Ausschnitt, der Jäger in ihm ist erwacht. Sie antwortet eine Weile nicht. Sie kennt offensichtlich ihre Vorzüge. „Du weißt alles über mich, was es zu wissen gibt", sagt sie ruhig. „Wenn du möchtest, können wir gern ficken. Aber ich trinke keinen Alkohol." Sie steht auf, nimmt den Gummi aus ihrem Haar, lässt es offen über ihre Schulten fallen, beginnt mit der größten Selbstverständlichkeit, ihre Bluse aufzuknöpfen.

Er ist völlig erschöpft. Seine momentane Befangenheit ist rasch wieder verflogen, als er ihre kleinen festen Brüste in dem Spitzen-BH gesehen hat, den geilen Ausdruck ihrer Augen, später dann den kleinen gepiercten Ring. Er ist wie Wachs in ihren Händen gewesen, sie die Jägerin. Sie lächelt, als sie sich ohne Hast wieder anzieht, ihr Haar straff zurückzieht und mit dem

Gummi festmacht. „Danke für den geilen Fick", sagt sie, berührt ihn noch einmal am Arm. „Hast du jetzt noch etwas fürs Archiv? Sonst bin ich für heute fertig."

Ist sie wirklich so cool? Gerade noch voll dabei, und jetzt ... Jedenfalls zieht sie die Nummer perfekt durch. Sie gefällt ihm. „Wir werden dein Talent nicht weiter so verschwenden. Du bekommst in den nächsten Tagen ein Vertragsangebot." Sie zeigt keine erkennbare Regung. „Würde mich freuen," sagt sie schließlich. „Aber Fixanstellung, 30% über KV. Auch ich möchte meine Talente hier nicht - verschwenden. Gute Nacht, Joe." Damit küsst sie ihn, der noch nicht einmal wieder angezogen ist, flüchtig auf die Wange und ist verschwunden.

Er denkt kurz nach, ihren Geschmack noch auf der Zunge. Das zu begründen wird nicht einfach. Und wie lange braucht sie, ihm gefährlich zu werden? „WTF", denkt er schließlich, als der das Mail an die Personalstelle schreibt. Ein bisschen Spannung im Leben hat noch nie geschadet. Er zieht sich wieder an, nimmt sich ein großes Glas Whisky und zündet sich eine Zigarre an. Noch eine Stunde.

Die Studentin

Sie lässt die Belehrungen des Dozenten geduldig über sich ergehen. Zu oberflächlich, der Schluss kühn, aber schwach begründet, zu wenig Zitate, falsch gegendert. Es könnte ihr gleichgültig sein, sie hat den Job bei der Zeitung. „Nütze die Gaben, die Gott dir gegeben hat, aber sei nie Opfer", hat ihre Mama ihr mitgegeben. „Gott?", hat sie gefragt. „Ja Gott, der hat mit den Pfaffen nichts zu tun." Sie schiebt den Gedanken beiseite, sie muss sich jetzt um ihren Magister kümmern.

„Es tut mir leid, Herr Dozent. Ich bin alleinerziehend und muss arbeiten, ich denke, ich werde die Arbeit nicht fertig schreiben können." Sie wird nicht rot bei der Lüge. Sie wartet ab, wie er reagiert, kauft er die Geschichte? Er sieht sie überrascht an. „Das wäre aber sehr schade, Frau Kollegin. Im Grunde fehlt da nicht viel. Wenn Sie" – er blickt nervös auf – „Wenn Sie ein bisschen Kooperationsbereitschaft zeigen, könnte ich ..." Sie empfindet fast Mitleid mit ihm. Er schaut sie durch seine dicke Brille an, in seinen Augen ist nur Sehnsucht. Sie begegnet seinem Blick, sagt nichts, sieht ihn nur ruhig an.

Nach nicht einmal 15 Sekunden hat sie dieses Spiel gewonnen, er blickt nervös zu Boden. „Na

dann zieh dich aus", sagt sie ruhig zu ihm, spielt am obersten Knopf ihrer Bluse. Er denkt nicht einmal daran, das Büro zu versperren. „Da leg dich auf das Sofa", sagt sie, geht zur Tür, dreht den Schlüssel von innen um, wartet ruhig ab, bis er nackt auf dem Rücken liegt.

Er keucht heftig, spürt den Schmerz kaum. Er muss ein wenig würgen, als sie ihre Finger aus seinem Mund zieht. Bilder steigen in seinem Kopf auf, es ist lange her, dennoch hat er Mühe, sie zu verdrängen. Sie hat sich nicht einmal ausgezogen, dennoch hat sie sein Innerstes berührt wie noch niemand zuvor. Sie steht einfach neben ihm, blickt auf ihn herab, reicht ihm seine Brille. „Danke", kann er nur stammeln. „Das war ..."

„Shhhhht", macht sie, legt ihm den Finger auf den Mund. „Keine Angst, nichts verlässt diesen Raum. Ruf mich an wegen der Arbeit." Damit ist sie weg. Er blickt an sich herab. „Fuck", denkt er, wie immer hat er keine Papiertaschentücher bei sich. Er müsste eigentlich duschen, die Institutskonferenz beginnt in einer halben Stunde.

Sie steht auf der Damentoilette, wäscht sich gründlich die Hände, spült den Mund aus. Als sie in den Spiegel blickt, meint sie einen Augenblick, ihre Mama zu sehen. Erst nach deren Tod ist sie draufgekommen, was die auf sich genommen hat, um ihr die teure Privatschule zu ermöglichen. „Danke Mama. Ich werde dich nicht enttäuschen", sagt sie zu ihrem Spiegelbild, nimmt den Gummi aus ihrem Haar, strafft es ein wenig und streift den Gummi wieder über, bevor sie die Toilette verlässt.

Der Dozent

Er hängt seinen Bademantel an einen der Haken in der holzgetäfelten Wand. Statt der dicken Brille hat er Kontaktlinsen eingesetzt. Er öffnet die schwere Tür, tritt in die heiße Kammer. Die Tür fällt hinter ihm ins Schloss, er blickt sich um. Er nickt dem Mann zu, Alex heißt er, der breit auf der obersten Stufe sitzt. Der hebt nur ein wenig die Augenbrauen. Er breitet sein Handtuch auf die mittlere Stufe, setzt sich. Er mustert den anderen, dem scheint das gleichgültig, er schließt die Beine nicht.

Minuten vergehen, Männer kommen und gehen. Kurzes Kopfnicken, Zeichen des Wiedererkennens. Es wird nicht gesprochen, man mustert einander, taxiert. Das Licht über der Tür wird rot. „Stört's wen?" Ein junger Mann blickt in die Runde, greift nach Kübel und Kelle. Keine sichtbaren Reaktionen, also gießt er auf. Einer setzt sich auf, ein anderer rutscht eine Stufe hinunter. Er bleibt einfach sitzen, seine Augen immer noch unverwandt auf dem anderen, der sich wegen der heißen Schwaden ein wenig zusammenkrümmt, die Ellbogen auf die Schenkel stützt. Ein zweiter Guss, der junge Mann hat zu viel Wasser erwischt, doch keiner bewegt sich. Man krümmt sich ein wenig mehr zusammen, bis das rote Licht wieder ausgeht.

Kurz warten an der Dusche. Er steht eine Weile unter dem kühlen Strahl, beobachtet, wie sich ein anderer prustend und schnaubend einen Kübel eiskaltes Wasser über den Kopf gießt.

Tauchbecken. Die Kälte hat zu beißen aufgehört. Alex ist auch da. Ihre Blicke begegnen einander. Alex dreht den Kopf zur Seite, in die Richtung, wo die Separees liegen. Er nickt, wartet, bis Alex das Becken verlässt, folgt ihm.

Sie sitzen beim Bier, spülen den Geschmack mit einem großen Schluck aus dem Mund. Die beiden kennen einander schon länger. Er erzählt Alex, dem Masseur, von seiner Begegnung mit der Studentin. „Frauen", sinniert der. „Himmel oder Hölle, weißt nie, wie du dran bist. Hier sind wir halt sicher auf der Erde." Eine Weile schweigen beide. „Komm mal zu mir in den Club, Vormittag ist am besten, da kommen die Weiber, denen fad ist. Eine Beziehung findest leicht, aber eine für nur so ..." „Mal sehen", sagt er. Er bleibt lieber auf der Erde, und so allein ist er ja auch nicht damit.

Er leert sein Bier in einem Zug. „Ciao Alex." Er muss noch die Diplomarbeit korrigieren, morgen kommt die Studentin wieder. Alex hebt zum Gruß nur die Hand.

Der Masseur

Eigentlich ist er nach dem langen Arbeitstag müde. Doch das Inserat lässt ihm keine Ruhe, auf der Plattform, auf der er seit einiger Zeit registriert ist. „Taschengeldprofil" nennt man das dort, Ort und Zeit sind rasch vereinbart. Also steigt er noch in die U-Bahn und fährt zu einem jener Hotels, in denen Touristen und Reisegruppen ein und aus gehen und man nicht sonderlich viele Fragen stellt. Man erfindet wohl einen Namen und eine Adresse, man zahlt bar. Zumindest hofft er, dass sie es so gemacht hat. Sie, das ist seine Frau.

Warten am Lift. Zäh geht die Fahrt in den 5. Stock. Eine Reisegruppe drängt sich mit ihm hinein, in jedem Stockwerk steigen zwei, drei aus. Den langen Flur entlang, Fluchten immer gleicher Zimmertüren. Billige Teppiche, Lampen, Furniere, die Stil suggerieren sollen. Er klopft, sein Herz schlägt bis zum Hals. Ist es wirklich sie?

Sie öffnet. Ein Augenblick der Angst. Wiedererkennen. Doch die Worte bleiben ihm im Hals stecken. Strümpfe, Heels, die Bluse offen über die nackten Brüste. Kein Slip. „Zdenka", kann er nur sagen, auch das eine Wort kommt heiser. Sie sieht ihn an. „Melinda, du musst mich verwechseln. Komm rein, wenn du bleiben

möchtest, oder möchtest du gehen?" Er schüttelt den Kopf, tritt in das Zimmer. Sein Körper übernimmt.

„Können wir erst das Finanzielle", fragt sie routiniert. Nachher zahlen nur Stammgäste, bei neuen ist sie vorsichtig geworden. „Ah ja", sagt er und zieht den grünen Schein aus der Tasche. „Danke", sagt sie, „möchtest du erst duschen?"

Sie liegen keuchend und schwitzend nebeneinander. Ihre Hand leicht auf seiner Brust. Sie fühlt sich klebrig, seine Spuren überall an und in ihr. Er ist ein potenter und ausdauernder Liebhaber. Und es war geil. Sie hat sich mitreißen lassen wie schon lange nicht mehr bei ihm. Er sagt nichts, sie spürt seinem Atem nach, der sich nur langsam beruhigt. Er bietet ihr eine Zigarette an. „Danke", sagt sie, obwohl sie nicht raucht. Sie hat gelernt, Zigaretten zu paffen. Sie liegen schweigend nebeneinander. Auch wenn es notwendig ist: Es ist nicht leicht, darüber zu reden.

Später. Beide erschöpft. Sie haben jetzt keine Geheimnisse mehr voreinander. Es ist dunkel im Raum, sie halten einander stumm an den Händen. Es braucht Zeit, das immer noch – und

wieder ganz neu – angenommen sein zu spüren.
Er hält sie ein wenig fester, als ihre Hand leicht
zu zittern beginnt. Er zieht sie zu sich. Sie werden
wohl nicht viel zum Schlafen kommen.